AF240118

# LETTRE

## D'UN MOUSQUETAIRE

## A MADEMOISELLE

# GOSSIN,

### ACTRICE DE LA COMEDIE

#### FRANÇOISE,

*Au sujet de son départ.*

M. DCC. XLIV.

# MADEMOISELLE,

JE ne rougis point de
dire hautement que je quit-
te Paris avec peine. Bien
d'autres que moi, s'ils ne
croioient se deshonorer

par un pareil aveu, n'en fe-
roient pas miſtere. Je vois
avec étonnement mes Ca-
marades pleins de joie, en-
flammés d'une noble ar-
deur voler aux Champs de
Mars, ne reſpirer que com-
bats, que Victoires. Parmi
ces jeunes Guerriers affa-
més de gloire, avides de
Lauriers, je ſuis le ſeul qui
oſe avouer ma foibleſſe,
& je ne la crois pas indi-
gne d'un Militaire.

Loin de m'en faire un
crime, on me plaint ; tous
ceux qui ſont nés ſenſibles,
partagent avec moi ma

juſte douleur ; tous ceux qui en connoiſſent le ſujet la reſpectent: vous-même, Mademoiſelle, auriez com-paſſion de moi, ſi vous pou-viez vous figurer ma cruel-le ſituation. Plus je m'éloi-gne du ſéjour dont vous faites l'ornement & la féli-cité ; plus mon chagrin s'augmente ; bienſéance, raiſon, devoir, rien ne peut calmer le trouble qui m'agite ; je deviens ſi fa-rouche, ſi inſupportable, que mes amis m'abandon-nent ; mes gens ne m'ap-prochent plus qu'en trem-

A 3

blant ; malheur à ceux qui font obligés de me donner l'hofpitalité. Je ne fais à qui m'en prendre ; toute la nature m'eft en horreur, je me détefte moi-même. Ne croyez pas, Mademoifelle, que j'exagere. Pour vous convaincre de la vérité & de la rigueur du tourment que j'endure, il fuffit de vous dire que vous feule en êtes la caufe, que vous feule excitez en moi ce defordre affreux. Oui, Mademoifelle, j'en accufe avec raifon le pouvoir imperieux de vos charmes. Qui peut vous avoir vû, qui peut vous avoir entendu fans être pénetré du plus vif amour? Qui peut renoncer à vous voir? qui peut renoncer à vous entendre fans reffentir les plus cuifans regrets? Tout en vous ( qui ofera me le contefter? ) tout en vous eft fait pour plaire, en vous tout eft grace, la nature & l'art fe font épuifés en votre faveur. Quelle volupté pour moi de me rappeller vos divins apas! Cet air ingenu & enfantin qui féduit, cette voix sonore & tendre qui va droit au cœur; ces yeux pleins de tendresse qui enflamment les plus insensibles, tous ces traits qui le disputent en beauté à l'Amour; en un mot cet assemblage de qualités, de perfections qu'on ne remarque qu'en vous. J'envie le sort de ces gens inutiles à l'Etat, dont fourmille Paris; je suis jaloux de la liberté, de l'indépendance qui les avilit. Hélas qu'ils sont heureux, Mademoiselle ! Quelles douceurs ne goûtent point

ceux qui sont capables de
sentir les impressions que
vous faites sur les cœurs!
quel plaisir de se passion-
ner, de s'attendrir avec
vous! quelle satisfaction
de répandre des larmes
lorsque vous les faites
couler! Pour moi je re-
grette ces doux instans
que j'employois à vous
admirer, à vous applau-
dir, à vous adorer en se-
cret, & à rendre mes
foibles hommages à votre
rare merite. Ces heureux
momens qui composoient
le plus beau & le plus

agréable de ma vie, se font écoulés trop rapidement, il ne m'en reste plus que le triste souvenir. Je me vois condamné pour long-tems à la privation de ces plaisirs enchanteurs, & innocens que je goûtois à longs traits, & que vous seule pouviez causer. Permettez-moi, Mademoiselle, de vous rendre cette justice, & d'être en ce moment l'Echo du public dont vous êtes l'Idole. Que deviendroit le Théatre sans vous ? que d'Auteurs vous doivent le fuccès de leurs Piéces! Que d'Acteurs vous doivent leur bien être! Vous êtes le foutien, l'honneur de la Scene; fans vous fa décadence feroit certaine & prochaine. Mais où m'emporte l'excès de mon zele? je fens qu'il bleffe votre modeftie. Vous m'accuferiez même de n'avoir point de goût, de manquer de difcernement fi j'ofois foutenir ce que j'avance. Je l'avouerai donc; Mefdemoifelles Dumenil, Clairon, Grandval & Dangeville , chacune dans leur genre , contribuent avec succès aux plaifirs , & aux amufemens du Public : on ne peut leur refufer les applaudiffemens , & l'éloge qu'elles meritent. Ce font des Actrices inimitables , elles ont toutes le talent de plaire ; mais non pas l'art de charmer. Je ne fais point mention de vos Héros de Couliffe. Le nombre des bons eft malheureufement fi borné , & fi connu qu'il n'eft pas néceffaire de les nommer. Cependant je crains fort que vous ne me foupçonniez de mettre de ce nombre plufieurs qui en font indignes, & qui ont peut-être la vanité de fe perfuader qu'ils en fon. Ne trouvez pas mauvais que j'en vienne à un petit éclairciffement. J'en exclue d'abord, Mademoifelle, ceux que la difette de Sujets a obligé de recevoir. Auffi voyons-nous le Théatre infecté de miferables Acteurs depuis que nous avons perdu Monfieur Dufrefne, Mademoifelle Quinaut fa fœur, Monfieur

Duchemin & Monsieur Dangeville. La mort même nous a enlevé Monsieur de Montmenil que nous regretterons long-tems. Autant ils nous caufoient de plaifir, autant leurs indignes Succeffeurs nous accablent d'ennui. Il y en a quelques-uns qui nous donnent de grandes efpérances pour la fuite. Je n'entreprens pas de prouver ce que je dis, & je crois que vous m'en difpenfez. Prefque tous n'ont ni voix ni figure; ils s'efforcent en vain de ré-

parer par l'art les défauts
dont la nature leur a fait
ample présent. N'est-il
pas honteux qu'un homme dont la voix languissante, & sépulchrale
fait bailler, assoupit les
Spectateurs, dont la figuré agonizante est proprement celle d'un martyr, ait
l'audace de se charger des
premiers Rôles, de représenter impunément les
Rois, les Conquérans,
les Maîtres du monde ? O
tems ! ô mœurs ! Peut-on
voir ce jeune Ecolier, que
je ne veux point nommer,

B

peindre avec tant de mau-
vaife grace les Amoureux.
Je me tais, le détail de fes
imperfections     exigeroit
trop de tems. Je refpecte
trop les autres pour en dire du mal : ils le mérite-
roient bien ; car ils m'ont
fouvent ennuié ; mais je
leur pardonne. Pour tout
bien il ne nous refte que
Monfieur Sarrafin , Mon-
fieur le Grand , Monfieur
Grandval , & Meffieurs
Armand, & Poiffon. Nous
avons pour tout efpoir,
Meffieurs Paulin , Dubois
& autres. C'eft affez vous
parler

parler de gens qui ne vous intéressent pas beaucoup. Je reviens maintenant à moi qui ne vous suis peut-être guères plus à cœur. Mais il suffit que je sois homme, & malheureux pour que vous vous intéressiez à mon sort. Que penserez-vous, Mademoiselle, d'un inconnu, qui, ne consultant que ses transports, & sa douleur ose vous écrire, & vous faire part de ses peines ? Que peut-il espérer étant si loin? Excusez, Mademoiselle, la liberté, j'ai voulu cent

fois retenir ma plume in-
difcrete, mais inutilement
comme vous voyez. En-
fin j'ai tracé ces lignes qui
fe fentent extrêmement de
l'agitation dans laquelle je
fuis. J'ai crû diftraire mes
maux en vous en donnant
connoiffance. Je me flatte
d'avoir reuffi ; il me fem-
ble, en vérité, que je fuis
un peu foulagé ; il eft bien
permis à un malade de re-
courir aux remedes qui
peuvent lui rendre la fanté
ou diminuer fes douleurs.
Je fuis dans le cas , & je
ne connois point de re-

mede plus efficace pour la maladie qui me confume que celui que j'emploie à l'heure même. Toutes les fois que je tomberai dans les accès, permetez-moi d'ufer du fecret. Critiquez tant qu'il vous plaira le fti-le de cette Lettre, vous a-vez belle matiére: mais que m'importe; gens de mon métier ne fe picquent pas ordinairement de fçavoir écrire. Je fçais, Mademoi-felle, que tous ceux qui ont fenti le même tourment que j'endure, vous ont re-peté les mêmes chofes.

Mais aucun d'eux n'a jamais été plus digne de pitié que moi, aucun d'eux ne s'est trouvé dans ma position. Je suis, &c.

FIN.

www.ingramcontent.com/pod-product-compliance
Lightning Source LLC
LaVergne TN
LVHW021458060726
842527LV00006B/2321